당신의 이름을 지어다가 며칠은 먹었다
박준 시집

문학동네시인선 032 박준

# 당신의 이름을 지어다가 며칠은 먹었다

## 시인의 말

  나도 당신처럼 한번 아름다워보자고 시작한 일이 이렇게
나 멀리 흘렀다. 내가 살아 있어서 만날 수 없는 당신이 저
세상에 살고 있다. 물론 이 세상에도 두엇쯤 당신이 있다.
만나면 몇 번이고 미안하다고 말하고 싶다.


2012년 12월
박준

나는 연화라는 이름을 잘도 마음에 들어한다.

# 차례

**2부** 옷보다 못이 많았다

## 3부 흙에 종이를 묻는 놀이

**4부** 눈이 가장 먼저 붓는다

# 1부

나의 사인(死因)은 너와 같았으면 한다

## 인천 반달

혼자 앓는 열이
적막했다

나와 수간(手簡)을
길게 놓던 사람이 있었다

인천에서 양말 앞코의
재봉 일을 하고 있는데

손이 달처럼 자주 붓는 것이
고민이라고 했다

나는 바람에 떠는 우리 집 철문 소리와
당신의 재봉틀 소리가
아주 비슷할 거라 적어 보냈다

학교를 졸업하면
인천에 한번
놀러가보고 싶다고도 적었다

후로 아무것도 적히지 않은 종이에
흰 양말 몇 켤레를 접어 보내오고
연락이 끊어졌다

그때부터 눈에
반달이 자주 비쳤다

반은 희고
반은 밝았다

## 미신

올해는 삼재였다

밥을 먹을 때마다
혀를 깨물었다

나는 학생도 그만하고
어려지는, 어려지는 애인을 만나
잔디밭에서 신을 벗고 놀았다

두 다리를 뻗어
발과 발을 맞대본 사이는

서로의 임종을
지키지 못하게 된다는 말을
어린 애인에게 들었다

나는 빈 가위질을 하면
운이 안 좋다 하거나

새 가구를 들여놓을 때도
뒤편에 王 자를 적어놓아야
한다는 것들을 말해주었다

클로버를 찾는
애인의 작은 손이
바빠지고 있었다

나는 애인의 손바닥,
애정선 어딘가 걸쳐 있는
희끄무레한 잔금처럼 누워

아직 뜨지 않은 칠월 하늘의
점성술 같은 것들을
생각해보고 있었다

## 당신의 연음(延音)

맥박이
잘 이어지지 않는다는
답장을 쓰다 말고

눅눅한 구들에
불을 넣는다

겨울이 아니어도
사람이 혼자 사는 집에는
밤이 이르고

덜 마른
느릅나무의 불길은
유난히 푸르다

그 불에 솥을 올려
물을 끓인다

내 이름을 불러주던
당신의 연음(延音) 같은 것들도

뚝뚝
뜯어넣는다

나무를 더 넣지 않아도
여전히 연하고 무른 것들이
먼저 떠올랐다

## 동지(冬至)

그때.

(작은 냄비에 두 개의 라면을 끓여야 했던 일을 열락〔悅樂〕이나 가는귀라 불러도 좋았을 때, 동짓날 아침 미안한 마음에 "난 귀신도 아닌데 팥죽이 싫더라" 하거나 "라면 국물의 간이 비슷하게 맞는다는 것은 서로 핏속의 염분이 비슷하다는 뜻이야"라는 말이나 해야 했을 때, 혹은 당신이 "배 속에 거지가 들어앉아 있나봐" 하고 말해올 때, 배 속에 거지가 들어앉아 있어서 출출하고 춥고 더럽다가 금세 더부룩해질 때, 밥상을 밀어두고 그대로 누워 당신에게 이것저것 물을 것도 많았을 때, 그러다 배가 아프고 손이 저리고 얼굴이 창백해질 때, 어린 당신이 서랍에서 바늘을 꺼낼 때, 등을 두드리고 팔을 쓰다듬고 귓불을 꼬집을 때, 맥을 잘못 짚어올 때, "맥박이 흐린데? 심하게 체한 것 같아" 바늘 끝으로 머리를 긁는 당신의 모습이 낯설지 않을 때, 열 개의 손가락을 다 땄을 때, 그 피가 아까워 아름다울 가〔佳〕 자나 비칠 영〔暎〕 자를 적어볼 때, 당신을 인천으로 내보내고 누웠던 자리에 그대로 누웠을 때, 손으로 손을 주무를 때, 눈을 꼭 감을 때, 눈을 꼭 감아서 나는 꿈도 보일 때, 새봄이 온 꿈속 들판에도 당신의 긴 머리카락이 군데군데 떨어져 있을 때)

## 슬픔은 자랑이 될 수 있다

철봉에 오래 매달리는 일은
이제 자랑이 되지 않는다

폐가 아픈 일도
이제 자랑이 되지 않는다

눈이 작은 일도
눈물이 많은 일도
자랑이 되지 않는다

하지만 작은 눈에서
그 많은 눈물을 흘렸던
당신의 슬픔은 아직 자랑이 될 수 있다

나는 좋지 않은 세상에서
당신의 슬픔을 생각한다

좋지 않은 세상에서
당신의 슬픔을 생각하는 것은

땅이 집을 잃어가고
집이 사람을 잃어가는 일처럼
아득하다

나는 이제
철봉에 매달리지 않아도
이를 악물어야 한다

이를 악물고
당신을 오래 생각하면

비 마중 나오듯
서리서리 모여드는

당신 눈동자의 맺음새가
좋기도 하였다

## 동백이라는 아름다운 재료

    삼사월이면 애역(呃逆)이 잦고 팔뚝이 가려웠다 원동기 소음기에 덴 상처와 짧은 손끝에서 무너지던 새벽과 새로 배운 어려운 욕들이 동백이 피어 있는 나무 아래서 어울렸다 커다란 꽃잎을 접는 대신 서로에게 매달리고 죄어들며 기생하던 시절 벌어진 일들이 이리도 높이 자랐다 도망치듯 떠나온 이곳의 봄날에서도 낯익은 것들이 돋아나더니 다시 송이째 툭툭 떨어졌다

# 꾀병

나는 유서도 못 쓰고 아팠다 미인은 손으로 내 이마와 자신의 이마를 번갈아 짚었다 "뭐야 내가 더 뜨거운 것 같아" 미인은 웃으면서 목련꽃같이 커다란 귀걸이를 걸고 문을 나섰다

한 며칠 괜찮다가 꼭 삼 일씩 앓는 것은 내가 이번 생의 장례를 미리 지내는 일이라 생각했다 어렵게 잠이 들면 꿈의 길섶마다 열꽃이 피었다 나는 자면서도 누가 보고 싶은 듯이 눈가를 자주 비볐다

힘껏 땀을 흘리고 깨어나면 외출에서 돌아온 미인이 옆에 잠들어 있었다 새벽 즈음 나의 유언을 받아 적기라도 한 듯 피곤에 반쯤 묻힌 미인의 얼굴에는, 언제나 햇빛이 먼저 와 들고 나는 그 볕을 만지는 게 그렇게 좋았다

# 용산 가는 길
## —청파동 1

청파동에서 그대는 햇빛만 못하다 나는 매일 병(病)을 얻었지만 이마가 더럽혀질 만큼 깊지는 않았다 신열도 오래되면 적막이 되었다 빛은 적막으로 드나들고 바람도 먼지도 나도 그 길을 따라 걸어나왔다 청파동에서 한 마장 정도 가면 불에 타 죽은 친구가 살던 집이 나오고 선지를 잘하는 식당이 있고 어린 아가씨가 약을 지어준다는 약방도 하나 있다 그러면 나는 친구를 죽인 사람을 찾아가 패(悖)를 좀 부리다 오고 싶기도 하고 잔술을 마실까 하는 마음도 들고 어린 아가씨의 흰 손에 맥이나 한번 잡혀보고 싶다는 생각을 한다 지는 해를 따라서 돌아가던 중에는 그대가 나를 떠난 것이 아니라 그대도 나를 떠난 것이라는 생각이 들었다 내가 아파서 그대가 아프지 않았다

2:8

## —청파동 2

밤이 오래된 마을의 가르마를 타 보이고 있다 청파동의 밤, 열에 둘은 가로등 열에 여덟은 창문이다 빛을 쐬면서 열흘에 이틀은 아프고 팔 일은 않았다 두 번쯤 울고 여덟 번쯤 누울 자리를 봐두었다 열에 둘은 잔정이 남아 있었다 또 내가 청파동에서 독거(獨居)니 온실이니 근황이니 했던 말들은 열에 여덟이 거짓이었다 이곳에서는 오래 생각하지 않아도 당신이 보고 있을 내 모습이 보인다 새실새실 웃다가도 괜히 슬프고 서러운 일들을 떠올리는 모습이 둘 다시 당신을 생각해 웃다가 여전히 슬프고 서러운 일들을 떠올리는 모습이 여덟이었다 남은 청파동 사람들이 막을 떠나가고 있었다 이제 열에 둘은 폐가고 열에 여덟은 폐허였다

## 관음(觀音)
### —청파동 3

나는 걸어가기엔 멀고
무얼 타기엔 애매한 길을
누구보다 많이 갖고 있다

청파동의 밤길은 혼자 밝았다가
혼자 어두워지는 너의 얼굴이다

일제 코끼리 전기밥솥으로 밥을 해먹는 반지하 집, 블라
우스를 털어 널고 양념 반 후라이드 반을 시키고 TV의 음량
버튼을 나무젓가락으로 꾹꾹 누르고 무를 집어먹고 엄마 체
르니 삼십 번부터는 회비가 오른대 고장 난 흰건반 대신 반
음 올려 검은건반을 치며 목이 하얀 네가 말했습니다 그 방
창문 옆에서 음지식물처럼 숨죽이고 있던 내 걸음을 길과
나의 접(椄) 같은 것이었다고 말하고 싶지만 덕분에 너의 음
악을 받아 적은 내 일기들은 작은 창의 불빛으로도 잘 자랐
지만 사실 그때부터 나의 사랑은 죄였습니다

## 언덕이 언덕을 모르고 있을 때

저녁 찬거리는 있냐는 물음에 조금 머뭇거렸습니다 민박
집 주인은 턱으로 언덕 채마밭을 가리킵니다

나는 주인에게 알부민 양철통을 재떨이로 쓰고 계시던데
혹시 간(肝)이 안 좋으시냐 물으려다 말고 언덕을 올랐습
니다 근처에 분명 고추밭이 있을 것 같은데 언덕에서 헤
매입니다

언덕이 튼 살 같은 안개를 부여잡고 있을 때 반팔을 입고
나가기로 한 조금 전을 후회했다고 언덕이 언덕을 모르고
있을 때 제 몸의 한기를 그 자리에 벗어두고 떠난 그녀를
생각했다고 말하기로 합니다

변심한 애인들의 향기는 좋고 나는 살아서 나를 다 속이지
못했다라고도 말하기로 합니다 덧셈을 잘하는 사람이 되
고 싶었습니다, 간밤에는 달게 잤습니다, 라고 연이어 말
할 때 나는 저녁의 억양과 닮아갑니다

나는 혼잣말을 할 때면
꼭 뒤를 돌아보게 됩니다

오래 비어 있던 내 손을 보고 있었는지 주인이 언덕을 올
라오고 있었습니다 주인이 가파른 경사에 닿기 전에 서둘

러 상추 몇 잎을 따 언덕을 내려갑니다

방으로 돌아와서는 나도 같이 텅 비어서 비어 있는 상(像)들이 누군가를 부를 때 짓던 표정들을 따라 지어보기도 했습니다

# 光

이게 진짜지 말입니다 물광이 빛나니, 불광이 깨끗하니
하는 얘기는 이제 고향 앞으로 갓,이지 말입니다 이건 물
불을 안 가리는 광이라서 말입니다 제가 지난 휴가 때 용
산역을 지나는데 말입니다 거짓말 아니고 말입니다 바닥
에 엎어 자던 노숙자 아저씨가 제 군화 빛에 눈이 부셔 깼
지 말입니다

우선 구두 약통에 불을 질러버리고 말입니다 불로 지져둔
군화에 약을 삼삼하게 바르지 말입니다 바르고 바르고 약
이 마르면 또 바르는 겁니다 여기서 중요한 것은 흠집을
대하는 우리의 기본적인 자세지 말입니다 깊게 파인 흠집
을 약으로 메우는 것은 신병들이나 하는 짓 아닙니까 그렇
게 하고 작업이라도 하면 그 약만 떨어져나오지 말입니다

흠집은 흠집이 아닌 곳과 똑같은 두께로 약을 발라야지 말
입니다 벗겨져도 같이 벗겨지고 덮여도 같이 덮이는, 흠
집이 내가 되고 내가 흠집이 되는 저희 어머니도 서른셋에
아버지 보내시고, 그때부터 아예 아버지로 사시지 말입니
다 지난 휴가 때도 얼굴도 몇 번 못 뵙고 그나저나 이번에
호날두 프리킥 보셨습니까? 공 궤적이 막 사시나무처럼
떨리는데 말입니다 아, 다 바른 다음 말입니까?

이제 약이 이렇게 먹어들었으면 여기에 물을 한 방울씩 털

고 형겊을 손가락에 두르고 같은 방향으로 밀고 나가야지
말입니다 김병장님 그런데 참 신기하지 말입니다 참말로
더는 못 해먹겠다 싶을 때, 이렇게 질기고 징하게 새카만
것에서 광이 낯짝을 살 비치니 말입니다

## 나의 사인(死因)은 너와 같았으면 한다

창문들은 이미 밤을 넘어선 부분이 있다 잠결이 아니라도 나는 너와 사인(死因)이 같았으면 한다

이곳에서 당신의 새벽을 추모하는 방식은 두 번 다시 새벽과 마주하지 않거나 그 마주침을 어떻게 그만두어야 할까 고민하다 잠이 드는 것

요와 홑청 이불 사이에 헤어 드라이어의 더운 바람을 틀어넣으면 눅눅한 가슴을 가진 네가 그립다가 살 만했던 광장(廣場)의 한때는 역시 우리의 본적과 사이가 멀었다는 생각이 들고

나는 냉장고의 온도를 강냉으로 돌리고 그 방에서 살아나왔다

내가 번듯한 날들을 모르는 것처럼 이 버튼을 돌릴 줄 아는 사람은 많지 않아서 맥주나 음료수를 넣어두고 왜 차가워지지 않을까 하는 사람들의 낯빛을 여관의 방들은 곤잘 하고 있다

"다시 와, 가기만 하고 안 오면 안 돼"라고 말하던 여자의 질긴 음성은 늘 내 곁에 내근(內勤)하는 것이어서

나는 낯선 방들에서도 금세 잠드는 버릇이 있고 매번 같
은 꿈을 꿀 수도 있었다

## 태백중앙병원

태백중앙병원의
환자들은
더 아프게 죽는다

아버지는 죽어서
밤이 되었을 것이다

자정은
선탄(選炭)을 마친 둘째형이
돌아오던 시간이다

미닫이문을 열고
드러내 보이던

형의 누런 이빨 같은
별들이 켜지는 시간이다

## 광장

빛 하나 들여보내는 창(窓)이면 좋았다 우리는, 같이 살아야 같이 죽을 수도 있다는 간단한 사실을 잘 알고 있던 시절에 만났다 네가 피우다 만 담배는 달고 방에 불 들어오기 시작하면 긴 다리를 베고 누워 국 멸치처럼 끓다가 '사람이 새와 함께 사는 법은 새장에 새를 가두는 것이 아니라 마당에 풀과 나무를 키우는 일이었다' 정도의 글귀를 생각해 너의 무릎에 밀어넣어두고 잠드는 날도 많았다 이불은 개지도 않고 미안한 표정으로 마주앉아 지난 꿈 얘기를 하던 어느 아침에는 옥상에 널어놓은 흰 빨래들이 밤새 별빛을 먹어 노랗게 말랐다

# 2부

옷보다 못이 많았다

## 지금은 우리가

그때 우리는
자정이 지나서야

좁은 마당을
별들에게 비켜주었다

새벽의 하늘에는
다음 계절의
별들이 지나간다

별 밝은 날
너에게 건네던 말보다

별이 지는 날
나에게 빌어야 하는 말들이

더 오래 빛난다

# 미인처럼 잠드는 봄날

믿을 수 있는 나무는 마루가 될 수 있다고 간호조무사 총
정리 문제집을 베고 누운 미인이 말했다 마루는 걷고 싶
은 결을 가졌고 나는 두세 시간 푹 끓은 백숙 자세로 엎드
려 미인을 생각하느라 무릎이 아팠다

어제는 책을 읽다 끌어안고 같이 죽고 싶은 글귀를 발견했
다 대화의 수준을 떨어뜨렸던 어느 오전 같은 사랑이 마
룻바닥에 누워 있다

미인은 식당에서 다른 손님을 주인으로 혼동하는 경우가
많았고 나는 손발이 뜨겁다 미인의 솜털은 어린 별 모양을
하고 나는 손발이 뜨겁다 미인은 밥을 먹다가도 꿈결인 양
씻은 봄날의 하늘로 번지고 나는 손발이 뜨겁다

미인을 생각하다 잠드는 봄날, 설핏 잠이 깰 때마다 나는
몸을 굴려 모아둔 열(熱)들을 피하다가 언제 받은 적 있
는 편지 같은 한기를 느끼며 깨어나기도 했던 것이었다

## 유월의 독서

그림자가
먼저 달려드는
산자락 아래 집에는

대낮에도
불을 끄지 못하는
여자가 살고

여자의 눈 밑에 난
작고 새카만 점에서
나도 한 일 년은 살았다

여럿이 같이 앉아
울 수도 있을
너른 마당이 있던 집

나는 그곳에서
유월이 오도록
꽃잎 같은 책장만 넘겼다

침략과 주름과 유목과 노을의
페이지마다 침을 묻혔다

저녁이 되면
그 집의 불빛은
여자의 눈 밑 점처럼 돋아나고

새로 자란 명아주 잎들 위로
웃비가 내리다 가기도 했다

먼 능선 위를 나는 새들도
제 눈 속 가득 찬 물기들을
그 빛을 보며 말려갔겠다

책장을 덮어도
눈이 자꾸 부시던
유월이었다

## 호우주의보

이틀 내내 비가 왔다

미인은 김치를 자르던 가위를 씻어
귀를 뒤덮은 내 이야기들을 자르기 시작했다

발밑으로 떨어지는 머리카락이
꼭 오래전 누군가에게 받은 용서 같았다

이발소에 처음 취직했더니
머리카락을 날리지 않고
바닥을 쓸어내는 것만 배웠다는
친구의 말도 떠올랐다

미인은 내가 졸음을
그냥 지켜만 보는 것이 불만이었다

나는 미인이 새로 그리고 있는
유화 속에 어둡고 캄캄한 것들의
태(胎)가 자라는 것 같아 불만이었다

그날 우리는 책 속의 글자를
바꿔 읽는 놀이를 하다 잠이 들었다

미인도 나도
흔들리는 마음들에게
빌려온 것이 적지 않아 보였다

## 기억하는 일

서기 양반, 이 집이 구십 년 된 집이에요 이런 집이 동네에 세 집 남았어 한 집은 주동현씨 집이고 한 집은 박래원씨 집인데 그이가 참 딱해 아들 이름이 상호인데 이민 가더니 소식이 끊겼어 개가 어려서는 참 말 잘 듣고 똑똑했는데 내 자식은 어떻게 되냐고? 재가 내 큰아들인데 사구년 음 칠월 보름 생이야 이놈은 내 증손주야 작년 가을에 봤지 굴도 좀 들어 난 시어서 잘 못 먹어 젊어서 먹어야지 늙으면 맛도 없지 뭐 젊어서도 맛나고 늙어서도 맛난 게 있는데 그게 담배야 담배, 담배는 이 나이 먹어도 똑같긴 한데 재작년부터 기침이 끓어서 요즘은 그것도 못 피우지 참다 참다 힘들다 싶으면 불은 안 붙이고 물고만 있어 그런데 서기 양반은 죽을 날만 받아놓고 있는 노인네가 뭐 예쁘다고 자꾸 보러 온대

구청에서 직원이 나와 치매 노인의 정도를 확인해 간병인
도 파견하고 지원도 한다 치매를 앓는 명자네 할머니는 매
번 직원이 나오기만 하면 정신이 돌아온다 아들을 아버지
라, 며느리를 엄마라 부르기를 그만두고 아들을 아들이라
부르고 며느리를 며느리라 부르는 것이다 오래전 사복을 입
고 온 군인들에게 속아 남편의 숨은 거처를 알려주었다가
혼자가 된 그녀였다

## 야간자율학습

저녁이면 친구들은 화장실에서 교복을 갈아입고 주공아
파트 단지를 돌며 배달을 했다 성동여실 여자애들은 치마
통을 바짝 줄여 입었지만 안장을 높이 올린 오토바이에도
곧잘 올라탔다

집을 떠나면서 연화는 가난한 엄마의 짙은 머리숱과 먼
저 죽은 아버지의 하관(下觀)을 훔쳐 나와 역에서 역으
로 떠났다

황달을 핑계로 오랫동안 학교에 가지 않았다 책상 밑에 있
는 내 침통이 굴러다닐 게 분명했다 졸업은 멀기만 하고
벌어진 잇새로 함부로 뱉어낸 말들이 후미진 골목마다 모
여앉아 낄낄 웃고 있었다

# 환절기

나는 통영에 가서야 뱃사람들은 바닷길을 외울 때 앞이 아
니라 배가 지나온 뒤의 광경을 기억한다는 사실, 그리고
당신의 무릎이 아주 차갑다는 사실을 새로 알게 되었다

비린 것을 먹지 못하는 당신 손을 잡고 시장을 세 바퀴나
돌다보면 살 만해지는 삶을 견디지 못하는 내 습관이나 황
도를 백도라고 말하는 당신의 착각도 조금 누그러들었다

우리는 매번 끝을 보고서야 서로의 편을 들어주었고 끝물
과일들은 가난을 위로하는 법을 알고 있었다 입술부터 팔
꿈치까지 과즙을 뚝뚝 흘리며 물복숭아를 먹는 당신, 나
는 그 축농(蓄膿) 같은 장면을 넘기면서 우리가 같이 보낸
절기들을 줄줄 외워보았다

049

## 낙(落)

그날 아버지가
들고 온 비닐봉지

얄랑거리는 잉어

잉어 입술처럼
귀퉁이가 헐은
파란 대문 집

담벼락마다
솟아 있는
깨진 유리병들

월담하듯 잉어는
내가 낮에 놀던
고무대야에 뛰어들고

나와 몸집이 비슷했던 잉어

그날따라 어머니는
치마 속으로
나를 못 숨어들게 하고

이불을 덮고 끙끙 앓다가
다 죽기 전에 손수 배를 가르느라
한밤중에 잉어 내장을 긁어내느라

탯줄처럼 길게
끌려내려오던 달빛

"당신 이걸 고아먹어야지 뭐하려고 조림을 해"

다음날 아침
밥상에 살이 댕댕하게 오른

그러니까 동생 같은

## 오래된 유원지

남진이 나훈아보다 좋다는 이야기를 이제 어디서 누구한
테 해야 할지 모르겠고 오래된 유원지로 갑니다 유원지 강
변에는 하나는 자신 있는데 두 개는 정말 모르겠어 하며 고
개를 기울이고 라면 물을 맞추는 여자가 있을지도 모르겠습
니다 냄비 옆에는 우리의 걸음 안으로 떨어진 해가 있고 그
옆에는 애호박이며 깻잎들이 잡히지도 않은 피라미나 모래
무지를 기다리고 그러면 저는 어느 낡은 대문 같던, 여자의
앞니 사이로 흘러나오는 바람 소리들을 듣다가 어두워지는
강 건너를 궁금해할지도요 낮게 자란 뚝새풀 사이에는 물
새 발자국 몇 개도 찍혀 있겠습니다 기색도 없이 웃음을 터
뜨리던 여자나 우리가 보낸 여름 같은 것들은 새의 걸음을
따라 하다 갑자기 거세진 강물에 놀라 날아올랐겠고요 저는
강변에 텐트를 치고 누가 문을 열어젖힐까 걱정하면서 젖은
몸을 꼭 안고 저녁잠이 들고 싶었습니다

# 파주

살아 있을 때 피를 빼지 않은 민어의 살은 붉다 살아생전
마음대로 죽지도 못한 아버지가 혼자 살던 파주 집, 어느 겨
울날 연락도 없이 그 집을 찾아가면 얼굴이 붉은 아버지가
목울대를 씰룩여가며 막걸리를 마시고 있었다

## 발톱

    중국 서점이 있던 붉은 벽돌집에는 벽마다 죽죽 그어진 세
로균열도 오래되었다 그 집 옥탑에서 내가 살았다 3층에서
는 필리핀 사람들이 주말마다 모여 밥을 해먹었다 건물 2층
에는 학교를 그만둔 아이들이 모이는 당구장이 있었고 더
오래전에는 중절수술을 값싸게 한다는 산부인과가 있었다
동짓달이 가까워지면 동네 고양이들이 반지하 보일러실에
서 몸을 풀었다 먹다 남은 생선전 같은 것을 들고 지하로 내
려가면 어미들은 그새 창밖으로 튀어나가고 아비도 없이 자
란 울음들이 눈을 막 떠서는 내 발목을 하얗게 할퀴어왔다

## 당신의 이름을 지어다가 며칠은 먹었다

이상한 뜻이 없는 나의 생계는 간결할 수 있다 오늘 저녁부터 바람이 차가워진다거나 내일은 비가 올 거라 말해주는 사람들을 새로 사귀어야 했다

얼굴 한번 본 적 없는 이의 자서전을 쓰는 일은 그리 어렵지 않았지만 익숙한 문장들이 손목을 잡고 내 일기로 데려가는 것은 어쩌지 못했다

'찬비는 자란 물이끼를 더 자라게 하고 얻어 입은 외투의 색을 흰 속옷에 묻히기도 했다'라고 그 사람의 자서전에 쓰고 나서 '아픈 내가 당신의 이름을 지어다가 며칠은 먹었다'는 문장을 내 일기장에 이어 적었다

우리는 그러지 못했지만 모든 글의 만남은 언제나 아름다워야 한다는 마음이었다

## 학(鶴)

오랫동안 미인은 돌아오지 않고 종이학은 미인의 방으로
들어가 날개를 접었다 미인을 좋아했던 남자들은 왜 하나
같이 안경을 쓰고 있지 않을까 궁금했지만 아무것도 적지
않은 종이를 접는 사람은 없을 거라 믿으며 미인의 방으
로 몰래 들어가 유리관 속의 종이학들을 펴기 시작했다

접힌 고개를 들고 닫힌 어깨를 열고 깨진 얼굴을 곧게 하
고 부러진 다리를 펴고 민자로 내려 접힌 날개를 세웠다
학종이가 새로 열어 보인 금에서 일곱 번쯤 넘어져 여덟
번쯤 울고 싶었지만

몸의 피를 데우는 것이 아니라 피를 차갑게 식히는 것이
새들의 내한법(耐寒法)이라는 생각을 하다 말고 보일러
공기구멍을 조금 닫고, 미인의 속옷들을 개어두고, 안개
다 걷힌 강을 춥지 않게 건너는 물의 월동 같은 것들도 생
각해보고, 잘 펴진 학종이를 다시 학으로 접어 창밖으로
날려보내고

언제라도 미인의 방문을 열면 날씨가 꼭 지금 같을 거라
는 것을 알고 있다 숨을 한 번 크게 들이쉬고 방문을 열면
슬프지 않은 표정을 한 미인이 흰 무릎을 곧게 펴 보이고

훨훨

# 옷보다 못이 많았다

그해 윤달에도 새 옷 한 벌 해 입지 않았다 주말에는 파주
까지 가서 이삿짐을 날랐다 한 동네 안에서 집을 옮기는 사
람들의 방에는 옷보다 못이 많았다 처음 집에서는 선풍기를
고쳐주었고 두번째 집에서는 양장으로 된 책을 한 권 훔쳤
다 농을 옮기다 발을 다쳐 약국에 다녀왔다 음력 윤삼월이
나 윤사월이면 셋방의 셈법이 양력인 것이 새삼 다행스러웠
지만 비가 쏟고 오방(五方)이 다 캄캄해지고 신들이 떠난 봄
밤이 흔들렸다 저녁에 밥을 한 주걱 더 먹은 것이 잘못이었
다는 생각이 새벽이 지나도록 지지 않았다 가슴에 얹혀 있
는 일들도 한둘이 아니었다

## 여름에 부르는 이름

방에서 독재(獨裁)했다
기침은 내가 억울해하고
불안해하는 방식이었다

나에게 뜨거운 물을
많이 마시라고 말해준 사람은
모두 보고 싶은 사람이 되었다

팔리지 않는 광어를
아예 관상용으로 키우던 술집이 있었다

그 집 광어 이름하고
내 이름이 같았다

대단한 사실은 아니지만
나는 나와 같은 이름의 사람을
한 번도 만나보지 못했다

벽면에서 난류를
찾아내는 동안 주름이 늘었다

여름에도 이름을 부르고
여름에도 연애를 해야 한다

여름에도 별안간 어깨를 만져봐야 하고
여름에도 라면을 끓여야 하고
여름에도 두통을 앓아야 하고
여름에도 잠을 자야 한다

잠,
잠을 끌어당긴다
선풍기 날개가 돈다

약풍과 수면장애
강풍과 악몽 사이에서

오래된 잠버릇이
당신의 궁금한 이름을 엎지른다

## 이곳의 회화를 사랑하기로 합니다

이곳에 오기 전 그들은 저마다의 길에 흰 구름 같은 문양을 흘리고 왔다고 해요 쌍방과실의 사고현장에서 털썩 주저앉는 것은 문하생이나 하는 짓이라나요 해를 등지고 반셔터를 누르는 것쯤이야 이미 알고 있었으나, 그들은 드로잉만으로 서울 나 7371과 경기 다 5597의 찰나의 만남을 원숙하게 표현했다 합니다 갓길에서 연락처를 주고받은 그들이 일제히 뒷목에 손을 대고 사라지는 모습은 이 길의 커튼콜일까요

굴다리 밑 '찌그러진 곳 펴드립니다'보다 서울 나 7371을 완벽히 복원한 작품은 302호 병실 옹벽에 붙은 〈그 벽에 그 맨드라미〉(종이에 크레파스, 257×364mm, 2006)였습니다 남자와 여자, 맨드라미와 아이 그리고 원근법을 철저히 무시한 채로 서울 나 7371이 존재하는 이 그림은 마티스가 십이지장 수술을 받은 직후 그린 회화들처럼 불명확한 이미지들이 균등한 공간 안에 산재해 있습니다 그림을 자세히 보면 서울 나 7371의 범퍼는 원래 찌그러져 있었고요

어쨌든 나는 이곳의 회화를 사랑하기로 합니다 영양식 식단에 딸려 나오는 우유만 있으면 그들은 혼자 밥을 먹는 일에도 아파하지 않습니다 '원재료명들과 공장 주소와 식품의 유형과 이 제품은 재정경제부 소비자 피해보상규정

에 의거 교환 또는 보상을 받을 수 있습니다'의 글자들을
한 자 한 자 떼어 맞춰보면 그리운 사람의 이름을 불러볼
수도 있습니다

그들은 흰 구름 같은 문양이 있는 길로 정확히 돌아갑니
다 낮에는 넷이 모여 낄낄대고 저녁이면 셋이 모여 낄낄
대는 것은 넷 중 하나에 야간발 택시 드라이버가 있다는
뜻입니다 혹 동선교통이나 개미운수 동인을 만나면 버릇
없이 방이동, 연신내, 구로역 따블이라 외치지 않기로 합
니다 저 길들의 형상기억 예술가에 대한 예의를 갖춥시
다 바짝 펴진 철판들이 여름 볕을 튕겨내는 것쯤이야 일
도 아니었습니다

## 별들의 이주(移住)
### ―화포천

오월 천변(川邊)에서는
멀리 보는 사람이
이기는 겁니다

보리 이삭이 패기 시작하면
숭어는 겨울 동안
감고 있던 눈을 뜹니다

천변의
긴 밭에서

새들은
어제 심은 들깨씨를
잘도 파 물어갔고요

노인은
막대기에 양철통을 들고
밭으로 나가

새들을 쫓다가
졸다가

가져간 찰밥을 먹고

집으로 돌아옵니다

새로 울고 싶은
오월의 밤하늘에는

날아오른 새들이
들깨씨를 토해놓은 듯
별들도 한창이었습니다

# 3부

흙에 종이를 묻는 놀이

## 모래내 그림자극

골목은 사람을 불안하게 만드는 힘이 있다 발걸음을 멈추고 바라본 골목은, 왼편 담벼락과 오른편 옹벽처럼 닫혀 있다 막 올려다본 하늘이 골목처럼 어두워지고 있다

어느 하루같이 환하게 번지기 시작하는 외등을 보면 사람의 몸에서 먼저 달려나오는 것이 있다 오늘도 골목에서 너는 그림자였고 나는 신발을 꺾어 신은 배역을 맡았다

서로 다른 시간에서 유영하던 그림자들이 한 귀퉁이씩 엉키고 포개지는 일은 몸의 한기를 털어내려 볕 아래로 모이는 일과 같다 집시들은 아주 오래전부터 그림자극으로 사람들을 불러모았다

나와 처음으로 스친 그림자는 담에 널린 담요를 걷어 한쪽 다리가 없는 비둘기를 감싸안고 다닌 적이 있다 그림자는 비둘기를 날려주고 담요를 다시 널어놓았다 그 그림자는 옆으로 걷는 것이 더 편할 때가 있다

다음 그림자는 비디오테이프의 같은 장면을 스물여덟 번 돌려보고 집에서 나오는 길이다 스물여섯번째 같은 장면에서 그림자는 사정을 했고 서른번째 같은 장면에서 그림자가 울었다 그림자는 말 더듬는 일을 즐겨할 것이다 지금 내 그림자가 길게 따라가고 있는 그림자는 언젠가 버

스 옆자리에 함께 앉고 싶은 그림자다

다시 말하지만 골목은 사람을 불안하게 만드는 힘이 있다
어두운 골목, 사실 사람의 몸에서 그림자보다 먼저 튀어
나오는 것은 노래다 울지 않으려고 우리가 부르던 노래들
은 하나같이 고음(高音)이다 노래가 다음 노래를 부르고
그림자가 다른 그림자를 붙잡는 골목이 모래내에는 많다

## 마음 한철

미인은 통영에 가자마자
새로 머리를 했다

귀밑을 타고 내려온 머리가
미인의 입술에 붙었다가 떨어졌다

내색은 안 했지만
나는 오랜만에 동백을 보았고
미인은 처음 동백을 보는 것 같았다

"우리 여기서 한 일 년 살다 갈까?"
절벽에서 바다를 보던 미인의 말을

나는 "여기가 동양의 나폴리래" 하는
싱거운 말로 받아냈다

불어오는 바람이
미인의 맑은 눈을 시리게 했다

통영의 절벽은
산의 영정(影幀)과
많이 닮아 있었다

미인이 절벽 쪽으로
한 발 더 나아가며
내 손을 꼭 잡았고

나는 한 발 뒤로 물러서며
미인의 손을 꼭 잡았다

한철 머무는 마음에게
서로의 전부를 쥐여주던 때가
우리에게도 있었다

## 별의 평야

군장(軍裝)을 메고 금학산을 넘다보면 평야를 걷고 싶고
평야를 걷다보면 잠시 앉아 쉬고 싶고 앉아 쉬다보면 드러
눕고 싶었다 철모를 베고 풀밭에 누우면 밤하늘이 반겼다
그제야 우리 어머니 잘하는 짠지 무 같은 별들이, 울먹울먹
오열종대로 콱 쏟아져내렸다

## 청룡열차

　정관을 잘못 묶은 후로 남자는 아랫배가 자주 아프다 옻
칠이 벗겨진 찬합을 열면서 여자는 월부금을 부어서라도 카
메라를 한 대 사고 싶어한다 가족이 앉은 돗자리 위로 청룡
열차 선로가 만든 그늘이 옥(獄)의 창살처럼 내린다 아이들
은 김밥에 우엉 대신 게맛살이 들었으면 좋았겠다고 생각한
다 가족들이 검고 푸른 서로의 입안으로 김밥을 밀어넣어줄
때마다 사람들이 비명을 지른다

## 천마총 놀이터

심야택시 미터기에서 뛰는 말아, 불안감 조성은 경범죄처
벌법 제24조에 의해 처벌될 수 있다 덕분에 나는 동네 입
구서부터 내려 걷는 날이 많다 시유지 놀이터엔 비가 내
린다 가로등 그늘은 빈 그네를 쉽게 밀 줄을 알고 나는 오
래된 말들을 곧잘 불러 탄다

　　그때, 수학여행에 못 가고 벤치에서 몸을 김밥처
　　럼 말아넣는 놀이를 하고 있을 때 친구들은 첨성
　　대를 돌아 천마총으로 향하고 있었을 겁니다 뒷산
　　에서부터 저녁이 미끄러져 내려왔습니다 철봉에
　　거꾸로 매달리는 놀이, 혀가 마른 입술을 아리게
　　만나는 놀이, 시소가 떠난 무게를 기억하는 간단
　　한 놀이, 누가 부르는 것 같아 자꾸 뒤돌아보는 놀
　　이 들을 모래에 섞어 신발에 넣었습니다 네가 돌
　　아오면 '경주는 많이 갔다 와봐서, 바다로 가족여
　　행을 다녀왔어'라고 신발을 털며 말하고 싶었지만

놀이를 놀이이게 하고 겨울을 겨울이게 하는 놀이터에 봄
이 와도 너는 오지 않았으니 나는 풀어놓은 아픈 말들을
한데 몰아 노트에 적는 놀이를 시작했다 흙이 흙을 낳고
말이 새 말을 하는 놀이, 그 말을 자작나무 껍질에 옮겨 적
지 않아도 되는 놀이, 흙에 종이를 묻는 놀이

고분처럼 뚱뚱한 동네 엄마들이 깨어날 시간입니다 저는 아직 제 방으로도 못 가고 천마총에도 못 가보았지만 이게 꼭 거리의 문제만은 아니어서요 결국 무엇을 묻어둔다는 것은 시차(時差)를 만드는 일이었고 시차는 그곳에 먼저 가 있는 혼자가 스스로의 눈빛을 아프게 기다리는 일이었으니까요

## 가을이 겨울에게 여름이 봄에게

철원의 겨울은 무서웠다 그 겨울보다 무서운 것은 감기였고 감기 기운이 침투할 때면 얼마 전 박이병이 공중전화 부스를 붙잡고 흘렸다는 눈물보다 더 말간 콧물이 흘렀다

누가 감기에 걸리면 감기 환자를 제외한 소대원 전체가 평생 가본 적도 없는 원산에 탄두 같은 머리를 폭격해야 했다

애써 감기를 숨기고 보초라도 나가면 빙점을 넘긴 콧물이 굳어져 코피로 변해 흘렀다 부대 앞 다방 아가씨를 본 것도 아닌데 어린 피가 흰 눈 위에 이유 없이 쏟아졌다

철원의 겨울은 무서웠지만 벙커에서 보초를 설 때면 겨울보다 여름이 더 무서웠다 가끔 박쥐들이 천장에 몰래 매달려 있었지만 우리가 무서워한 것은 벽에 스며 있는 핏자국이었다

핏자국이 점점 진해진다는 소문도 돌았고 벽에 기대 보초를 섰다가 군복에 피가 묻어나왔다는 이도 있었지만 눅눅한 여름, 벙커 속의 피냄새가 온몸을 휘젓다 귀로, 코로, 입으로 터져나오는 기분이 무엇보다 무서웠다

목욕을 해도 냄새는 쉽게 지워지지 않았고 갑자기 휴가

를 떠난 박일병은 코를 틀어막던 애인과 이별을 하고 돌 ⎯
아왔다

여름이 지나도록 피냄새는 계속 끓어올랐다 그렇게 벙커
에 차오르던 냄새가 타악 터져나오면 저만치 보이는 북쪽
의 능선에도 피 같은 단풍이 묻었다

## 낙서

저도 끝이고 겨울도 끝이다 싶어
무작정 남해로 간 적이 있었는데요

거기는 벌써 봄이 와서
농어도 숭어도 꽃게도 제철이었습니다

혼자 회를 먹을 수는 없고
저는 밥집을 찾다
근처 여고 앞 분식집에 들어갔습니다

몸의 왼편은 겨울 같고
몸의 오른편은 봄 같던 아픈 여자와
늙은 남자가 빈 테이블을 지키고 있는 집

메뉴를 한참 보다가
김치찌개를 시킵니다

여자는 냄비에 물을 올리는 남자를 하나하나 지켜보고
저도 조금 불안한 눈빛으로 그들을 봅니다

남자는 돼지비계며 김치며 양파를 썰어넣다 말고
여자와 말다툼을 합니다

조미료를 그만 넣으라는 여자의 말과
더 넣어야지 맛이 난다는 남자의 말이 끓어넘칩니다

몇 번을 더 버티다
성화에 못 이긴 남자는
조미료 통을 닫았고요

금세 뚝배기를 비웁니다
저를 계속 보아오던 두 사람도
그제야 안심하는 눈빛입니다

휴지로 입을 닦다 말고는
아이들이 보고 싶다, 좋아한다, 사랑한다,
잔뜩 낙서해놓은 분식집 벽면에

봄날에는
'사람의 눈빛이 제철'이라고
조그맣게 적어놓았습니다

## 저녁
—금강

소멸하는 약력은
나도 부러웠다

풀 죽은 슬픔이
여는 길을 알고 있다

그 길을 따라올라가면
은어가 하루처럼 많던 날들이 나온다

저녁 강의 시야(視野)가 그랬다
출발은 하겠는데 계속 돌아왔다

기다리지 않아도 강변에서는
공중에서 죽은 새들을
쉽게 볼 수 있다

땅으로 떨어지지도 않은
새의 영혼들이

해를 등지고
다음 생의 이름을
점쳐보는 저녁

당신의 슬픈 얼굴을 어디에 둘지 몰라
눈빛이 주저앉은 길 위에는
물도 하릴없이 괴어들고

소리 없이 죽을 수는 있어도
소리 없이 살 수는 없다는 생각을 하다가
문득 우리가 만난 고요를 두려워한다

**문병**
—남한강

당신의 눈빛은
나를 잘 헐게 만든다

아무것에도
익숙해지지 않아야
울지 않을 수 있다

해서 수면(水面)은
새의 발자국을
기억하지 않는다

오래된 물길들이
산허리를 베는 저녁

강 건너 마을에
불빛이 마른 몸을 기댄다

미열을 앓는
당신의 머리맡에는

금방 앉았다 간다 하던 사람이
사나흘씩 머물다 가기도 했다

# 꽃의 계단

정원상회 돌아 만리장성 옆을 지날 때면 춘장처럼 새카만 손톱 밑이 남기는 그닐거렸습니다 달 번지(番地)에 꽃이 필 때까지는 하루에 두세 번씩 올라야 하고요 영동선을 타고 온 검은 씨앗들이 실핏줄 같은 골목에서 멈칫거리면 아버지 등게 지고 엄마는 집게로 나르고 남기는 리어카를 지킵니다 탄은 수직으로 쌓는 것이 아니라 탄과 탄을 서로 기대게 쌓는, 자세히 보면 그것이 계단 같아 달 번지의 사람들은 탄을 밟고 담을 넘기도 했습니다 리어카는 비탈을 내려옵니다 모두 하얀 이빨이 닳아 있습니다 집집마다 두고 온 탄이 저 노을처럼 검붉어 타고 있겠습니다 허면 삼천리가 봄처럼 따 듯해져서 내일 아침이면 살구색 재꽃들이 달 번지의 고개를 타고 달까지 피어오르겠습니다

## 눈을 감고

눈을 감고 앓다보면
오래전 살다 온 추운 집이

이불 속에 함께 들어와
떨고 있는 듯했습니다

사람을 사랑하는 날에는
길을 걷다 멈출 때가 많고

저는 한 번 잃었던
길의 걸음을 기억해서
다음에도 길을 잃는 버릇이 있습니다

눈을 감고 앞으로 만날
악연들을 두려워하는 대신

미시령이나 구룡령, 큰새이령 같은
높은 고개들의 이름을 소리내보거나

역(驛)을 가진 도시의 이름을 수첩에 적어두면
얼마 못 가 그 수첩을 잃어버릴 거라는
이상한 예감들을 만들어냈습니다

혼자 밥을 먹고 있는 사람에게
전화를 넣어 하나하나 반찬을 물으면
함께 밥을 먹고 있는 것 같기도 했고

손을 빗처럼 말아 머리를 빗고
좁은 길을 나서면

어지러운 저녁들이
제가 모르는 기척들을

오래된 동네의 창마다
새겨넣고 있었습니다

## 날지 못하는 새는 있어도 울지 못하는 새는 없다

삼남매의 손을 탄 종이 인형 같아 목이 앞으로 꺾어지는
당신 주름은 무게와 무게가 서로 얽혔던 흔적이라 적어두
고 나는 오랫동안 진전이 없었네 보조바퀴처럼 당신을 따
라다니네

양은냄비 뚜껑에 배추김치가 올라앉는 무게 밥상의 무게
를 밀어두고 화투장의 무게를 뒤집으면 팔월, 무주공산에
삼월, 홍싸리가 피네 오늘 저녁쯤엔 귀한 무게를 만난다
는 괘를 싣고 길가로 나오네

무게의 내력에는 소리가 들리지 않아 그 소리에 귀 기울
이는 일은 내 생에서 절망이 아닌 것들을 골라내는 일 당
신은 지금껏 아무 말도 하지 않고 종이만 주웠으므로, 나
는 노트에 적어두었네

날지 못하는
새는 있어도
울지 못하는
새는 없다

길가 담벼락, 온몸의 무게를 들어 당신이 버려진 폐지를
꺼낼 때 나는 은유를 꺼내네 황달 앓는 막내딸 같아, 수레
에 잔뜩 실린 골판 골판들

가로등이 하나둘 켜지는 길을 돌다 갑자기 그 수레를 만나면 누구라도 '탑' 하고 걸음을 멈출 수 있었네

그 '탑'을 조심스럽게 피해 돌다보면 사면으로 쌓인 골판과 골판 '사이'에 오늘의 결정(結晶) 같은 주스 병이 맺혀 있었는데 수레를 쫓으며 속기한 내 노트에는 '사이'가 '사리'라고 오기되기도 했네

언덕을 내려가는 당신의 몸이 뒤로 젖혀지네 무게를 잊고 처음 바람을 읽는 어린 새 같아 어둠보다 높이 오른 탑의 꽁지가 막 들썩이기 시작했네

## 꼬마

북한산 자락 아래 언덕집에는
아버지랑 을지로 양복점 꼬마 일을
같이 했다는 금기형 아저씨가 산다

금기형 아저씨 손자는
아버지만 보면 울음을 터뜨린다

달래고 어르고 사탕을 쥐여줘도
아버지 얼굴을 보고 한번 놀란 아이는
먹은 것을 토해낼 때까지 운다

두 계절쯤 지났을까
폐가 아픈 아버지와

마지막으로 기형 아저씨 집을 찾았을 때
아이는 아버지를 보자마자
울음 대신 인사를 꾸벅해왔다

돌아오던 길 언덕을 내려오며
내가 몇 번씩 뒤를 돌아봐도

아이는 아버지를 향해 작은 손을
연신 흔들어 보이고 있었다

그때쯤이면 언덕도
언덕에 서 있는 아이도

아이의 넓고 서늘한 이마 위를 지나는
구월의 가을하늘도

벌써 저만치나 높이
올려다보였다

# 연

## 1

소매가 까매질 때까지 살았다 보증금도 없이 우리는 내려앉아 서로의 끝을 생각하느라 분주했다 입술을 깨물던 당신의 꿈에 광부들은 휘파람을 불지 않는다고 말해주는 것이 그날 나의 문명(文明)이었다 광부들이 부는 휘파람은 탄광 입구의 새소리를 닮았다가 무너지는 갱도에서 새 나오던 가스 소리를 닮았다가 혼(魂)들의 울음소리를 검게 닮아간다

## 2

손이 찬 당신이 투명한 잔을 내려놓았다 번져 있는 입술자국이 새가 날아오르기 전 땅을 깊게 디딘 발자국 같았다면 살아남은 말들은 쉽게 날 줄을 알았다 나는 가난하고 심심한 당신의 말들에 연을 묶어 휘이휘이 당기며 놀았다 사실 우리 아름다움의 끝은 거기쯤 있었다

## 3

버스를 타고 나간 사람을 정류장에서 기다리듯 하늘로 나간 당신의 말들은 하늘을 보며 기다려야 한다 당신과 잠시 만난 공중(空中)을 눈에 단단히 넣어두고 나는 눈을 감는다

4
그러니까
소매든 옷깃이든 눈빛이든

5
이곳보다 새카맣게

## 눈썹
—1987년

엄마는 한동안
머리에 수건을
뒤집어쓰고 다녔다

빛이 잘 안 드는 날에도
이마까지 수건으로
꽁꽁 싸매었다

봄날 아침
일찍 수색에 나가
목욕도 오래 하고

화교 주방장이
새로 왔다는 반점(飯店)에서
우동을 한 그릇 먹은 것까지는 좋았는데

우연히 들른 미용실에서
눈썹 문신을 한 것이 탈이었다

아버지는 그날 저녁
엄마가 이마에 지리산을 그리고 왔다며
밥상을 엎으셨다

어린 누나와 내가
노루처럼
방방 뛰어다녔다

# 4부

눈이 가장 먼저 붓는다

## 연화석재

저녁이면 벽제에서는
아무도 죽지 않는다

석재상에서 일하는
외국인 석공들은 오후 늦게 일어나
울음을 길게 내놓는 행렬들을 구경하다

밤이면
와불(臥佛)의 발을 만든다

아무도 기다려본 적이 없거나
아무도 기다리게 하지 않은 것처럼
깨끗한 돌의 발

나란히 놓인 것은
열반이고

어슷하게 놓인 것은
잠깐 잠이 들었다는 뜻이다

얼마 후면
돌의 발 앞에서

손을 모으는 사람도
먼저 죽은 이의 이름을 적는 사람도
촛불을 켜고 갱엿을 붙여오는 사람도 있을 것이다

돌도 부처처럼
오래 살아갈 것이다

## 2박 3일

한 이삼 일
기대어 있기에는
슬픈 일들이 제일이었다

그늘에서 말린
황백나무의 껍질을
달여 마시면

이틀 안으로
기침이 멈추고
열이 내렸지만

당신은 여전히
올 리가 없었다

오늘은 나와 어려서
함부로 입을 대던 아이의
연담(緣談)이 들려와

시내로 가는 길에
우편환을 보낼까 하다
나서지 않았다

이유도 없이 흐려지는
내 버릇도
조금 고쳐보고 싶었다

## 잠들지 않는 숲

좁은 길 가장자리가 소란하고 밝다

불 꺼진 방으로 돌아가야 하는 사람들이 이곳에서 잠시 북비는 일은 생장한계점 근처에서 자라는 전나무들이 유난히 키가 큰 이유처럼 간단하다 좋은 골목은 침엽수림을 닮았다가 반지하 방의 작은 창들을 닮아간다

너는 금속 세공사의 아들이었고 너는 아파트 수위의 아들, 나는 15톤 덤프트럭 기사의 아들이었으므로 또 새봄이 온 데다 공업고에 가야 했으므로 우리는 머리색을 노랗게 바꿔야 했다

너는 졸업식 날 과학실에서 알코올램프를 들고 나왔고, 너는 맥주를 샀고, 나는 대중목욕탕에서 남성용 스킨을 훔쳐 나왔다 우리는 머리털이 빠지고 이마가 헌 채로 범용 선반 기계 앞에 섰다

경품 게임기 업자들은 기계 위에 빈 포장 상자들을 쌓아 두기도 한다 벼락 맞은 대추나무는 다시는 화(火)를 당하지 않는다 해서 오래전 대추나무 아래서 돌탑을 쌓던 장돌뱅이들의 손끝처럼, 대추나무 도장을 바라보는 지금 저 눈들이 떤다

경품을 손에 쥐고 돌아가는 사람들의 걸음은 전자식 만보기로 재지 않아도 안다 그들은 걸음을 아껴 골목으로 사라진다

골목에서 중력에 떨어지지 않는 것은 오로지 사람의 시야(視野)였으므로 나는 남성용 스킨로션 세트나 대추나무 도장, 전자식 만보기 대신 골목에서 만난 눈동자를 내 방으로 집어온 적이 있다

작은 창으로 바라본 하늘엔 봉제선 같은 별들이 두둘두둘 많다 수많은 별들이 저마다 이름을 갖고 있는 것은 별보다 많은 눈동자들이 어두운 방에 살고 있기 때문이라는 생각을 하면서 나는 내 창에 골목에서 만난 눈동자를 잘도 그려넣었다

## 입속에서 넘어지는 하루

길눈이 어두운 겨울이나
사람을 잃은 사람이
며칠을 머물다 떠나는 길

떠난 그 자리로
가난한 밤이 숨어드는 길

시래기처럼 마냥 늘어진 길

바람이 손을 털고 불어드는 길

사람의 이름으로
지어지지 못하는 글자들을
내가 오래 생각해보는 길

골목은
살아서도 죽어서도
그림자로 남고

좁고 긴 골목의 끝을
바라보는 일만으로도
하루가 다 지새워지는 길

달이 크고
밝은 날이면
별들도 잠시 내려와

인가(人家)의
불빛 앞에서
서성거리다 가는 길

다 헐어버린 내 입속처럼
당신이 자주 넘어져 있는 길

## 희망소비자가격

잠에서 깨어나자마자 머리맡에 있던 초코파이 상자를 품
에 안은 일로 그날을 기억합니다

한 여덟 시간 만의 공복이었을까요 상자의 절취선을 뜯
어올라가면 으드드득 열두 개의 검은 달이 떴더랬습니다

네 개는 점심으로, 네 개는 저녁, 아침 네 개는 후일담처럼
찾아오던 새벽에 먹는 것이었는데 고객사은행사로 들어
있던 나머지 하나는 제가 언제 먹어야 했을까요

지구는 둥그니까 그 초코파이를 손에 꼭 쥐고 자꾸 걸어
나가면 어머니가 손님들이 벗겨먹고 있는 맥반석 계란,
그 숫자를 세고 있을 산호사우나도 나왔습니다

사우나 앞에서 봉지에 녹아 붙은 초코파이를 들고 바라본
연신내의 저녁은 목욕탕 같았습니다 길의 주름마다 어둠
이 붙어 있고 그 어둠을 밀어내다 배가 고파졌습니다, 자
주 벌거벗었습니다

다시 집으로 돌아오던 길 동그랗게 만든 초코파이, 봉지
에 적힌 정(情) 자를 검지로 말고 희망소비자가격 글자를
중지로 말아 투수 최동원처럼 한쪽 다리를 높이 올려 아
랫동네로 던지면

무엇을 생각하거나 궁금해하는 일이 우리가 희망하는 일
이 될 것만도 같은, 그래서 조용히 밤을 외우면 곧 찾아
오는 어둠이 지나간 우리의 밤들과 함께 담겨 돌아온 것
같았습니다

## 미인의 발

　반디미용실에서 처음 낙타를 보았습니다 미용실 누나는 쌍봉낙타 봉 같은 어깨 사이에 제 머리를 묻고 비뚤어짐을 가늠했고 저는 실눈만 떴다 감았다 했습니다 왼쪽과 오른쪽을 맞춰 다듬다 머리는 새싹처럼 짧아지고 쥬시후레시를 건초처럼 씹는 미용실 주인의 잔소리에 미숙한 누나는 푹푹 발이 빠졌습니다 누나는 동네 아저씨들 술자리의 기본 안주가 되기도 하고 아주머니들의 커피 잔에서 설탕과 함께 휘저어졌습니다 엄마보다 동네 형들이 반디미용실에 더 많이 들락거렸고요 낙타가 떠난 날은 감나무집 형이 소주를 댓병으로 마신 날이었습니다 형 가슴보다 까맣게 그을린 반디미용실 건물, 석유 말 통과 담뱃불이 반딧불이처럼 날아들어 왔다는 미용실 주인은 양귀비 염색약처럼 까맣게 울었습니다 낙타는 불이 다 꺼진 뒤에야 미용실에서 나와 삼거리 지나 일방통행로로 천천히 걸어나갔습니다 낙타가 사하라로 갔는지 고비로 혹은 시리아 사막으로 갔는지는 알 수 없지만요 마음을 걷던 발자국은 아직도 남아 저는 요즘도 간혹 그 발자국에 새로 만나는 미인들의 흰 발을 대어보기도 하는 것이었습니다

## 해남으로 보내는 편지

오랫동안 기별이 없는 당신을 생각하면 낮고 좁은 책꽂이
에 꽂혀 있는 울음이 먼저 걸어나오더군요

그러고는 바쁜 걸음으로 어느 네거리를 지나 한 시절 제
가 좋아한 여선배의 입속에도 머물다가 마른 저수지와 강
을 건너 흙빛 선연한 남쪽 땅으로 가더군요

저도 알고 있습니다 그 땅 황토라 하면 알 굵은 육쪽마늘
이며 편지지처럼 잎이 희고 넓은 겨울 배추를 자라게 하
는 곳이지요 아리고 맵고 순하고 여린 것들을 불평 하나
없이 안아주는 곳 말입니다

해서 그쯤 가면 사람의 울음이나 사람의 서러움이나 사람
의 분노나 사람의 슬픔 같은 것들을 계속 사람의 가슴에
묻어두기가 무안해졌던 것이었는데요

땅 끝, 당신을 처음 만난 그곳으로 제가 자꾸 무엇들을 보
내고 싶은 까닭입니다

# 누비 골방

골방은 배가 부르다

숙박계를 적듯
벽에 상형을 그려두고
비구름은 떠났지만

간혹 바람은
환구를 활짝 열어도
쉽게 따듯해지지 않는 이 방

보일러 관 같은 곳이나
회반죽 벽면에 들어가
살고 있는 것이다

벽면 가장자리마다
헤져 들떠가는
오래된 신문지들

활자들은
눈이 가장 먼저 붓는다

바람이 터져나오기 전에
헌 방을 덮어야 한다

어렵게 찾은 지물포에서 나는 자투리 벽지를 찾는 일로 미안했고 주인은 돈을 받는 일로 미안해했습니다 집으로 돌아와 물을 끓입니다 얕은 불 위에서 밀가루 풀을 천천히 끓여야 하는 것은 사실 방의 바람을 데우기 위한 일이라는 생각을 하면서 나는 배가 고파집니다 찢어진 안 장과 새로 붙일 겉장 사이에 풀을 먹이고 새 바람을 끼워넣습니다 부풀어오른 사연들은 마른 수건으로 잘 문질러줍니다 도배 냄새를 덮고 돌아눕습니다, 벽이 마릅니다, 점점 달아오릅니다, 새벽쯤에야 절절 끓기 시작하는 방 헐벗은 바람의 각질 같은 것이 흘러내려 손으로 바닥을 쓸면 한데 모여 술렁였습니다 그것들이 환하게 터뜨린 울음이 새 아침의 낯빛입니다 방은 다시 공복입니다

## 가족의 휴일

아버지는 오전 내내
마당에서 밀린 신문을 읽었고

나는 방에 틀어박혀
종로에나 나가보고 싶다는
생각을 했다

날은 찌고 오후가 되자
어머니는 어디서
애호박을 가져와 썰었다

아버지를 따라나선
마을버스 차고지에는
내 신발처럼 닳은 물웅덩이

나는 기름떼로
비문(非文)을 적으며 놀다가
아버지를 쳐다보았다

아버지는 바퀴에
고임목을 대다 말고
하늘을 쳐다보았다

"이번 주도 오후반이야" 말하던
누나 목소리 같은 낮달이
길 건너 정류장에 섰다

## 유성고시원 화재기

출입구 쪽 벽면을 제외한 삼 면이 옹벽 또는 내력벽으로 된 경우에도 가로균열은 사소한 겁니다 '실내에서는 정숙해주세요' 표어를 끼고 돌면 고시원 총무실이 있었죠

총무는 멸망의 법문들을 속기하고 있었습니다 느리게 발톱을 깎는 것은 일종의 예비행위로 보여지는바, 이 앞을 지나는 고시생들은 소음, 진동규제법 개정시행령을 되새깁니다 슬리퍼는 절대로 끌지 아니합니다

재산권을 일부 상실한 저의 호주(戶主)로부터 걸려온 전화에서는 누룩내가 났습니다 일몰 후로 기억합니다 저는 짐을 꾸렸습니다 이번 달은 창이 없는 호실로 갑니다

짐을 운반하는 도중, 과실로 법전 제27페이지 내지 제32페이지의 일부를 손괴하였습니다 접착테이프를 빌리러 총무를 찾아갔을 때 별다른 점은 발견하지 못했습니다

총무는 채점을 하다 말고 잠이 들어 있었습니다 매년 이차에서 떨어졌던 그도, 탈출해 나왔다면 내년쯤에는 아마 이등병이 되었을 겁니다 그나저나 왜 결핍의 누대(累代)에는 늘 붉은 줄이 그어졌는지 알고 계실까요?

3층에 사는 여자들이 이차를 마치고 돌아온 듯했습니다.

공동 주방에서 부치는 달걀 냄새가 온 방실을 점유하고 있었죠 스탠드가 꺼지고 소방벨이 울린 것은 그때였습니다 누전이나 방화는 아니었다고 생각합니다 그건 단지 그동안 울먹울먹했던 것들이 캄캄하게 울어버린 것이라 생각됩니다만,

–중    략–

위의 사람은 유성고시원 화재사건에 관하여 이와 같이 진술하는 바이며 진술 내용이 목격 사실과 다를 경우 어떠한 처벌이라도 감수하겠습니다.

## 오늘의 식단
—영(暎)에게

나는 오늘 너를
화구에 밀어넣고

벽제의 긴
언덕을 내려와

산 사람은
살아야 하지 않겠냐며
말을 건네는 친구에게

답 대신 근처 식당가로
차를 돌린 나는 오늘 알았다

기억은 간판들처럼
나를 멀리 데려가는 것이었고

울음에는
숨이 들어 있었다

사람의 울음을
슬프게 하는 것은
통곡이 아니라

곡과 곡 사이
급하게 들이마시며 내는
숨의 소리였다

너는 오늘
내가 밀어넣었던

양평해장국 빛이라서
아니면 우리가 시켜 먹던
할머니보쌈이나 유천칡냉면 같은 색이라서

그걸 색(色)이라고 불러도 될까
망설이는 사이에

네 짧은 이름처럼
누워 울고 싶은 오늘

달게 자고
일어난 아침
너에게 받은 생일상을 생각하다

이건 미역국이고 이건 건새우볶음
이건 참치계란부침이야

오늘 이 쌀밥은
뼈처럼 희고
김치는 중국산이라

망자의 모발을 마당에 심고
이듬해 봄을 기다린다는
중국의 어느 소수민족을 생각하는 오늘

바람은
바람이어서
조금 애매한

바람이
바람이 될 때까지
불어서 추운

새들이
아무 나무에나
집을 지을 것 같지는 않은

나는 오늘

# 동생

오른쪽으로 세 번 왼쪽으로 세 번 탕탕탕 뛰어 귓속의 강
물을 빼내지 않으면 머리를 두 갈래로 땋은 여자아이가,
밤에 소변보러 갈 때마다 강가로 불러낸다고 했습니다 입
속은 껍질이 벗겨진 은사시나무 아래에서도 더러웠고요
먼 산들도 귀울림을 앓습니다

강에 일곱이 모여 가서 여섯이나 다섯으로 돌아오던 늦
은 저녁, 아이들은 혼나지도 않고 밥을 먹습니다 그때 여
기저기 흘리던 밥풀 같은 걱정들은 금세 떠오르던 것이
었지만요

한낮 볕들은 깊은 소(消)의 위와 아래를 뒤섞습니다 물은
그곳에서 자신의 이름을 새로 지어가기도 하고 근처 밭머
리에 수수들은 잔기침도 멈추고 일어섭니다

며칠 밖으로 나오지 못했던 아이들로 강가는 다시 분주
합니다 북쪽의 바위 위에는 봉분도 올리지 못한 누이들
의 무덤가처럼, 그새 푸르르고 파릇해진 입술로 오른손
과 왼손을 공손히 모으고 강물로 뛰어들던 동생들도 여
럿이었습니다

115

## 당신이라는 세상

술잔에 입도 한번 못 대고 당신이 내 앞에 있다 나는 이 많
은 술을 왜 혼자 마셔야 하는지 몰라 한다 이렇게 많은 술
을 마실 때면 나는 자식을 잃은 내 부모를 버리고 형제가
없는 목사의 딸을 버리고 삼치 같은 생선을 잘 발라먹지
못하는 친구를 버린다 버리고 나서 생각한다

나를 빈방으로 끌고 들어가는 여백이 고맙다고, 청파에는
골목이 많고 골목이 많아 가로등도 많고 가로등이 많아 밤
도 많다고, 조선낫 조선무 조선간장 조선대파처럼 조선이
들어가는 이름치고 만만한 것은 하나 없다고, 북방의 굿
에는 옷(衣)이 들고 남쪽의 굿에는 노래가 든다고

생각한다 버려도 된다고 생각한다 버리는 것이 잘못된 일
이 아니라고 생각한다 버릴 생각만 하는 것도 능사가 아
니라는 생각도 한다

술이 깬다 그래도 당신은 나를 버리지 못한다 술이 깨고
나서 처음 바라본 당신의 얼굴이 온통 내 세상 같다

# 세상 끝 등대 1


내가 연안(沿岸)을 좋아하는 것은 오래 품고 있는 속마음을 나에게조차 내어주지 않는 일과 비슷하다 비켜가면서 흘러들어오고 숨으면서 뜨여오던 그날 아침 손끝으로 먼 바다를 짚어가며 잘 보이지도 않는 작은 섬들의 이름을 말해주던 당신이 결국 너머를 너머로 만들었다

# 세상 끝 등대 2

1981~2008

# 이번 생의 장례를 미리 지내며 시인은 시를 쓰네

허수경(시인)

세계는 언제나 불편한 것이었다. "뻔히 저기 있는 것을 알고 있으나 가까이 가면 갈수록 멀어지는 세계에 살고 있는 고통"이라는 김현 선생 일기의 한 구절은 어젯밤에 꾼 악몽처럼 생생하다. 그렇지만 우리는 농담스럽게 이 세계를 통과하기를 바랐다. 농담은 우리의 허브였다. 우리의 존재를 아주 조금이나마 밝은 곳으로 견인하는 식물의 향기. 괴로움의 상태를 벗어나게 해주는 순간의 칼피스로서 우리는 이 시대, 농담을 이해했고 심지어 사랑했다. 우리는 이를테면 이런 농담의 메타포를 이해한다. "저, 오늘 태어났는데요, 아버지가 제 아이예요"라거나, "저 말들은 호모예요, 저 말의 고기를 먹는 건 텍사스 혹은 태양에서는 금지당했어요, 호모의 고기를 먹는 인간은 말의 고기를 먹는 샤먼이 되어 모든 질서를 흔들어버린대요!"와 같은 문장을 읽으며 빙긋, 웃는다. "웃음은 신보다 더 오래되었"(옥타비오 파스)고 농담은 신보다 우리를 더 오래전부터 위로해주었으니. 이것은 불편한 세계를 받아들이는 한 방법이다. 물론 다른 방법도 있다. "서로 핏속의 염분이 비슷하다는"(「동지(冬至)」) 당신을 향하여 시를 쓰는 방법이다. "나는 좋지 않은 세상에서/ 당신의 슬픔을 생각한다// 좋지 않은 세상에서/ 당신의 슬픔을 생각하는 것은// 땅이 집을 잃어가고/ 집이 사람을 잃어가는 일처럼/ 아득하"(「슬픔은 자랑이 될 수 있다」)지만 말이다. 이것은 농담으로 겨우 받아들일 수 있는 세계를 지탱하는 한 방법이다.

박준이 선택한 것은 전통적인 의미에서의 '서정(Lyric)'이다. 이 오래되고도 아득한 단어, '서정'의 뒤편에는 악기가 있다. 서정의 노래를 부를 때 그 노래를 동반하는 악기는 현악기 리라(Lyre)이다. 고대 그리스에서는 이 현을 종종 짐승의 내장으로 만들었다. 양의 내장을 잘 씻어서 산(酸)에 담갔다가 재로 씻어서는 길쭉하게 잘랐다. 그것을 말렸다가 유황에 넣어 표백했다고 한다. 산과 재와 유황이라는 극악한 지옥과, 시간이라는 무표정한 얼굴을 통과한 짐승의 내장을 쓰다듬을 때 나는 소리. 그리고 그 소리에 맞추어 부르는 노래. 그것을 우리가 '서정'이라는 오래된 단어의 영혼으로 가정할 수 있을 때 박준이 쓰는 시들로 들어가는 입구는 조금 넓어진다.

　또한 이 세계는 박준 시의 한 구절대로 "이번 생의 장례를 미리 지내"(「꾀병」)고 나서야 겨우 살 만한 곳으로 변할지도 모른다. 박준에게 시는 염분의 문제이니 눈물의 염분이 세계의 염분, 그 농도보다 조금은 높아질 때 쓰였을 것이다. 그러나 세계는 여전히 불편한 것이다. 일용할 양식과 도덕과 써야 할 말과 버려야 할 말 가운데. 자신의 부패와 타인의 몰인정함, 그리워하면 할수록 팽창과 수축을 거듭하는 그리움과 함께. 또한 이 불편한 세계조차 유한하게 만들어버리는 우리의 생물학적 조건과 함께. 그런 고통 때문/덕분에 어떤 시인들은 생물학적으로는 인류에 속하되 세계를 소화하는 위장만은 초식류의 동물들처럼 여러 개의 방을 가진 되새김위로 되어 있는지 모르겠다. 자신이 살고 있는 세계가 들여다보면 볼수록 멀어지는 것으로 여겨질 때 첫째 위안에 그것을 저장해두고 되새김하는 어떤 시인들에게 세계는 씹어도 씹어도 소화되지 못하는 무엇을 뜻한다. 세계는 시인의 둘째 위를, 셋째 위를, 넷째 위를 통과하지 못하고 결국 첫째 위에서만 머문다. 박준도 그런 시인들 가운데 하나인 것 같다. 그는 이 세계가 자신의 위장 속에서 결국 소화될 수 없을 것이라는 예감에 시달린다. 위장 안에서 소화되지 못하는 세계도 언젠가는 불쑥 바깥으로 나온다. 아마도 더이상 이 세계를 위장 안에 담고 있지 못할 거라는 시달림. 그 시달림은 소화되지 못한 세계를 바깥으로 드러나게 만드는 동력이다. 시달림은 "애인의 손바닥,/ 애정선 어딘가 걸쳐 있는/ 희끄무레한 잔금처럼 누워"(「미신」) 있는 상태의 떨림 속에서 진행되었다. 그 떨림의 간곡함이 언어로 환원되었다. 우리는 그 결과를 '박준의 첫 시집'이라고 부르는지도 모르겠다.

아, 그리고 삶과 죽음.

이 오래된 문학의 주제는 폐기하고 싶을 만큼 낡고 오래되었다…… 그러나 우리는 아직도 그것을 사유하며 그리고 반복해서 명멸해간다. 살면서 죽음은 여러 번 찾아오기에. 죽음을 목격하는 것부터 시작해서 거의 죽음과 가까운 순간들을 맞는 것까지. 누군가 새 출발이라는 말을 할 때 우리는 그 사람이 살아내었을 어떤 죽음의 순간을 떠올린다. 삶은 그토록 얇은 얼음장이다. 앞으로 나갈 수도 없고 멈출 수도 없는. 그렇다고 막막한 시작이 있었던 뒤로 갈 수도 없다. 지금 내가 서 있는 곳에 균열이 일어나면 그 균열의 파장은 앞과 뒤, 오른쪽과 왼쪽 모두를 균열로 몰아넣는다. 에밀 시오랑의 말을 빌리지 않더라도 시적이라는 것은 그 균열의 순간을 온전히 자신 속에 담아두지 못할 때 온다. 균열로부터 파생된 것들이 삶의 방향 없는 주인으로 들어앉은 느낌. 그 무질서의 느낌 속에서 한 인간은 완벽한 개인이 된다. 누구도 누구의 고통을 흉내내지 못한다. 누구도 누구의 느낌을 재현하지 못한다. 그러므로 한 인간이 완벽한 개인이 되는 순간은 어떤 절대적인 순간이다. 그리고 한 인간의 일생에서 어떤 순간은 그가 영원이라고 부르는 공간으로 들어온다. 영원이라는 공간은 그러나 그다지 단단한 공간이 아니다. 그곳은 어떤 의미에서는 없는 공간이다. 그곳은 다만 믿어야만 존재하는 공간이다. 영원은 가난한 노동조합이며 그 조합원들이 살고 있는 산동네다. 그곳은 언제라도 철거가 될, 믿는 자만이 볼 수 있는 사원이며 한동안만 살 수 있는 사글세 집이다. 시집 역시 그렇다. 순간은 영원이라는 엉성한 공간 안에서 서먹한 퍼즐 조각처럼 널려 있다. 이 순간들이라는 퍼즐 조각을 들어올려본다. 순간들이여, 그대들은 시집이라는 영원을 우리에게 설명해줄 수 있겠는가?

## 순간 1. '미인'이라는 소년의 창문

앞에서 시오랑의 이름이 언급된 김에 다시 한번 그와 관련된 이야기를 해보자. 그가 루마니아 헤르만슈타트에서 김나지움을 다닐 때 기거하던 방의 창문 사진을 나는 본 적이 있다. 부쿠레슈티에 있는 대학으로 철학과 미학을 공부하러 떠난 것이 열일곱 살 때였으니 그 집에서 살던 시오랑은 열일곱 이전이었다. 블라인드가 반쯤 비스듬하게 올라가 있었고 창문은 열려 있었다. 그리고 창 안은 검고도 검어서 그 안의 풍경은 보이지 않았다. 칠흑이어서 그 안의 풍경은 보이지 않는데 창문은 열려 있는 상태. 자신을 감추고 외부를 향하여 문을 열어둔 상태. 앞에서 언급한 균열의 순간을 온전히 자신 안에 담아두지 못하는 상태. 어떤 의미에서 이 상태는 어떤 시적인 것의 시작에 대한 강력한 비유일지도 모른다. 그런데 그 어둠/병(病) 속에 박준은 혼자 있지 않다. 누군가와 동거한다.

나는 유서도 못 쓰고 아팠다 미인은 손으로 내 이마와 자신의 이마를 번갈아 짚었다 "뭐야 내가 더 뜨거운 것 같아" 미인은 웃으면서 목련꽃같이 커다란 귀걸이를 걸고 문을 나섰다

한 며칠 괜찮다가 꼭 삼 일씩 앓는 것은 내가 이번 생의 장

례를 미리 지내는 일이라 생각했다 어렵게 잠이 들면 꿈
의 길섶마다 열꽃이 피었다 나는 자면서도 누가 보고 싶
은 듯이 눈가를 자주 비볐다

힘껏 땀을 흘리고 깨어나면 외출에서 돌아온 미인이 옆에
잠들어 있었다 새벽 즈음 나의 유언을 받아 적기라도 한
듯 피곤에 반쯤 묻힌 미인의 얼굴에는, 언제나 햇빛이 먼
저 와 들고 나는 그 볕을 만지는 게 그렇게 좋았다

—「꾀병」 전문

그는 유서를 남기고 싶을 만큼 아프다. 그는 그 상태를
"꾀병"이라고 부른다. 그가 "미인"이라고 지칭한 사람은
정말 곁에서 그의 병을 지켜보고 있던 사람일까? 그 사람
의 성별은? "목련꽃같이 커다란 귀걸이를 걸"었으니 여자
일 가능성이 높겠으나 귀걸이를 달고 다니는 이들이 요즘
세상에 여자뿐이랴. 뿐만 아니라 고대와 고대처럼 살고 있
는 아프리카나 아마존의 어떤 남자들은 여자들보다 더 크고
무거운 귀걸이를 달고 있다. 그 둘이 기거하는 공간에 대해
서는 아예 언급조차 없다. 시적 자아와 그 자아를 동반하는
무엇이 있는 공간은 언급할 필요가 없을 만큼 여러 곳이거
나 아무 곳도 아니다.
　소년의 병은 그의 병을 진짜 병이라고 부를 수 없는 시점
에서 시작되는지도 모르겠다. 소년은 자주 아프다. "원동

기 소음기에 덴 상처와 짧은 손끝에서 무너지던 새벽과 새로 배운 어려운 욕들이 동백이 피어 있는 나무"(「동백이라는 아름다운 재료」), "나는 매일 병(病)을 얻었지만 이마가 더럽혀질 만큼 깊지는 않았다 신열도 오래되면 적막이 되었다"(「용산 가는 길」), "눈을 감고 앓다보면/ 오래전 살다 온 추운 집이// 이불 속에 함께 들어와/ 떨고 있는 듯했습니다"(「눈을 감고」) 등과 같이 시집에서는 병의 기록이 수없이 등장한다. 자신의 병을 "꾀병"이라고 인식하는 것은 자신보다 이 세계가 더 아플지도 모른다는 반성에서 시작될 터이다. 미인은 이미 그에게 그렇게 말했다. 그렇게 말하고 둘이 기거하는 공간을 떠난다. 미인이 없는 사이, 소년은 죽음의 경계 가까이에 다가가 있다. 그 경계 속에서 "이번 생의 장례를 미리 지내는 일"이라고 자신의 병을 정의한다. 미인이 돌아온다. 볕이라는 환한 것들 속에서 미인은 잠을 자고 있다. 자신이 구술한 유언을 받아 적은 것처럼 피곤한 미인. 세계와 자신을 연결해주던 미인은 드디어 삶과 죽음을 연결해주는 역할을 한다. 그런 의미에서 미인은 열려진 창문이다. 미인만이 그 공간 바깥으로 나가고 안으로 들어온다. 소년의 자아는 열려진 창문 안의 어둠 속에 누워 신열을 앓는다. 열린 창문 속에 든 어둠이라는 공간은 열린 잉크병과 같다. 누군가 그 잉크를 사용해서 무언가를 적어주면 된다. 그 일을 떠맡은 사람은 미인이다. 유서를 받아 적어주는 이 미인은 이 시집의 여러 장면 속에 등장한다. 위에서 인용한 「꾀병」

126

말고도「미인처럼 잠드는 봄날」「호우주의보」「학(鶴)」「미인의 발」「마음 한철」에서도 미인은 맹활약을 한다. 미인이 잉크병으로부터 소년의 "유서"를 써주면서 그 컴컴한 것들은 환한 "볕"이 된다. 말은 어둠 속에서 나왔고 드디어 태양의 가장자리인 "볕"으로 나왔다.

## 순간 2. 천마총

한 청년이 거쳐야 할 수업 가운데 하나는 동서양을 막론하고 '여행'이었다. 괴테는 이탈리아 여행의 마지막 나날에 이렇게 고향으로 편지를 보냈다. "나는 일 년 반 동안의 고독 속에서 저를 다시 발견했습니다. 하지만 무엇으로? 예술가로서의 저를 말입니다." 오, 얼마나 행복한 편지인가? 어떤 여행이 예술가를 구원하다니! 이 행복한 자기 발견은 이탈리아를 방문하고 그리스, 로마, 르네상스 시대의 미술품과 건축을 직접 눈으로 보면서 이루어진 것이었다. 괴테가 시 속에서 "레몬과 오렌지, 더없이 푸른 하늘과 부드러운 바람, 미르테와 월계수가 자라는 곳"이라고 노래했던 이탈리아. 그리고 그곳에 산적한 예술품들. 이름을 숨기고 가장 가까운 사람들에게게만 알린 채 괴테는 이탈리아 여행에 몰두했고 돌아왔다. 괴테처럼 가보고 싶은 곳에 가보고 그 여행을 일기와 그림으로 기록하며 심지어 예술하는 한 인간으로서

의 정체성까지 발견하는 것은 누구나 겪을 수 있는 행운이
아니다. 더구나 괴테가 살던 세기에는 약 95퍼센트에 해당
하는 사람들이 자신이 태어난 곳을 평생 떠나보지 못했다.
지금은 사정이 다르다. 그런데 21세기를 사는 어떤 시인은
'수학여행'이라는 거창한 이름이 붙은 여행을 가지 못함으
로써 시인의 말을 발견하기도 한다. 그 불행 속에서 21세기
한 시인의 시는 시작된다.

  심야택시 미터기에서 뛰는 말아, 불안감 조성은 경범죄처
  벌법 제24조에 의해 처벌될 수 있다 덕분에 나는 동네 입
  구서부터 내려 걷는 날이 많다 시유지 놀이터엔 비가 내
  린다 가로등 그늘은 빈 그네를 쉽게 밀 줄을 알고 나는 오
  래된 말들을 곧잘 불러 탄다

    그때, 수학여행에 못 가고 벤치에서 몸을 김밥처
    럼 말아넣는 놀이를 하고 있을 때 친구들은 첨성
    대를 돌아 천마총으로 향하고 있었을 겁니다 뒷산
    에서부터 저녁이 미끄러져 내려왔습니다 철봉에
    거꾸로 매달리는 놀이, 혀가 마른 입술을 아리게
    만나는 놀이, 시소가 떠난 무게를 기억하는 간단
    한 놀이, 누가 부르는 것 같아 자꾸 뒤돌아보는 놀
    이 들을 모래에 섞어 신발에 넣었습니다 네가 돌
    아오면 '경주는 많이 갔다 와봐서, 바다로 가족여

행을 다녀왔어'라고 신발을 털며 말하고 싶었지만

놀이를 놀이이게 하고 겨울을 겨울이게 하는 놀이터에 봄
이 와도 너는 오지 않았으니 나는 풀어놓은 아픈 말들을
한데 몰아 노트에 적는 놀이를 시작했다 흙이 흙을 낳고
말이 새 말을 하는 놀이, 그 말을 자작나무 껍질에 옮겨 적
지 않아도 되는 놀이, 흙에 종이를 묻는 놀이

고분처럼 뚱뚱한 동네 엄마들이 깨어날 시간입니다 저는
아직 제 방으로도 못 가고 천마총에도 못 가보았지만 이
게 꼭 거리의 문제만은 아니어서요 결국 무엇을 묻어둔다
는 것은 시차(時差)를 만드는 일이었고 시차는 그곳에 먼
저 가 있는 혼자가 스스로의 눈빛을 아프게 기다리는 일
이었으니까요

—「천마총 놀이터」 전문

"오래된 말"을 불러내게 된 동기는 "수학여행"에 동참하
지 못한 것에서 비롯된다. 그는 혼자 놀이를 하면서 천마총
으로 간 너를 기다린다. 혼자 놀이를 하는 아이에 대한 문
학의 메타포는 어떤 의미에서 가장 오래된 메타포에 속할
것이다. 한 개인이 처음으로 고독한 자아를 마주하고 자신
의 고독한 존재를 바라본 순간이기 때문이다. 처음으로 그
는 '그 순간'과 마주한다. 한 개인이 철저한 개인이라는 '병

적인 상태' 속에서 생을 시작하고 보내고 이 자연에서 사라지는 과정을 어렴풋하게 짐작하는 순간, "나는 풀어놓은 아픈 말들을 한데 몰아 노트에 적는 놀이를 시작했다 흙이 흙을 낳고 말이 새 말을 하는 놀이, 그 말을 자작나무 껍질에 옮겨 적지 않아도 되는 놀이, 흙에 종이를 묻는 놀이"는 시작된다. 이 "놀이"는 "흙에 종이를 묻는" 자연에다가 자신의 말을 매장하는 단계로까지 다다른다. 종이라는 물질은 자연과 인간의 실용적인 과학적 예감이 교차하면서 만들어진 모든 글 쓰는 인간의 로망이다. 인간이 종이 위에 글을 쓰는 기억을 온전히 잊어버리고 난 뒤에도 그 로망은 인간의 몸의 기억 속에 머문다. 연필로 종이 위에 오래 글을 썼던 손가락은 튀어나온 근육으로 그 시간을 증언한다. 천마총으로 여행을 가는 집단적인 수학을 함께할 수 없었던 철저한 개인이 되어 소년은 그 시간을 소화한다. 세계를 소화할 수 없었던 것과는 가장 반대의 것이 이곳에서 벌어진다. 소외를 '시적', 혹은 '말놀이'라는 가장 고독하고 의미 없는 일로 변형시킨 이 자리에서 한 시인의 시언어가 발생한다. 천마총을 가지 못했던 기억으로 어쩌면 이 한 권의 시집은 시작되었고 끝을 맺을지 모르겠다. 가장 가고 싶었던 곳에 가지 못했던 그 "시차"에서 말은 나오고 인간의 저녁은 저물어 어둠이 올 때 이런 겨울이 온다.

## 순간 3. 붉음에서 검음으로

수많은 아들이 있다. 그 아들 모두에게는 아버지가 있다. 이렇게 쓰고 보니 하나 마나 한 소리를 한 것 같다. 이렇게 고쳐 말해야 하지 않을까? 이 세계에는 아버지를 증오하는 수많은 아들이 있고 사랑하는 아들도 있고 그냥 밋밋하게 서로를 대하는 부자도 있고, 있고, 있고…… 어느 겨울 혼자 살고 있는 아버지를 방문하는 아들도 있다.

살아 있을 때 피를 빼지 않은 민어의 살은 붉다 살아생전 마음대로 죽지도 못한 아버지가 혼자 살던 파주 집, 어느 겨울날 연락도 없이 그 집을 찾아가면 얼굴이 붉은 아버지가 목울대를 썰룩여가며 막걸리를 마시고 있었다
—「파주」전문

이 아버지는 다른 시에 나오는 '죽어서 밤이 된'(「태백중앙병원」) 아버지이다. 살아 있는 아버지는 붉은빛으로 죽은 아버지는 검은빛('밤')으로 그려진다. 아마도 혼자 살던 아버지를 방문했던 아들의 마음이 붉은빛이었을 것이고 죽은 아버지를 생각하는 아들의 마음은 검은빛이었을 것이다. 그에게 붉은빛은 "왜 결핍의 누대(累代)에는 늘 붉은 줄이 그어졌는지 알고 계실까요?"(「유성고시원 화재기」)에서 보여지는 것과 같이 결핍의 시간이 만들어놓은 빛이다. 검은빛

은 "그건 단지 그동안 울먹울먹했던 것들이 캄캄하게 울어 버린 것이라 생각됩니다만."(같은 시)에서 짐작할 수 있는 모든 붉은 시간을 지탱하고 난 뒤 찾아오는 암전 상태이다. 붉었을 때는 울 수 없었고 마침내 컴컴해졌을 때 그는 울 수 있었다. 혼자 사는 아버지가 혼자 막걸리를 마시는 것, 혹은 그의 붉은 얼굴을 보고 돌아오는 아들은 그 붉음 속에서 검어지지 않았을까? 아버지의 죽음 속에서 우는 아들이 아닌 아버지의 고독을 목격하고 우는 아들. 붉음이 점차 짙어지는 순간을 우리는 하루에 한 번씩 맞이한다. 저녁이 밤에게 자신을 내어줄 때이다. 그 시간 동안 어떤 이들은 시인이 된다. 박준도 그 가운데 하나였을 것이다.

## 순간 4. 밥상 위로 올라온 잉어

한 사람은 어떻게 이 세계로 오는가, 혹은 올 뻔하다가 가는가? 박준은 그것을 '낙(落)'이라고 말한다. 아래로 떨어지는 것 말이다. 그런데 도대체 그날 무슨 일이 일어났을까? 그날, '낙'이라는 사건이 일어난 날의 기록은 다음과 같다.

그날 아버지가
들고 온 비닐봉지

얄랑거리는 잉어

잉어 입술처럼
귀퉁이가 헐은
파란 대문 집

담벼락마다
솟아 있는
깨진 유리병들

월담하듯 잉어는
내가 낮에 놀던
고무대야에 뛰어들고

나와 몸집이 비슷했던 잉어

그날따라 어머니는
치마 속으로
나를 못 숨어들게 하고

이불을 덮고 끙끙 앓다가
다 죽기 전에 손수 배를 가르느라

한밤중에 잉어 내장을 긁어내느라

탯줄처럼 길게
끌려내려오던 달빛

"당신 이걸 고아먹어야지 뭐하려고 조림을 해"

다음날 아침
밥상에 살이 댕댕하게 오른

그러니까 동생 같은

—「낙(落)」 전문

　그날은 어떤 날이었을까? 동생이 태어난 날? 혹은 동생이
이 세계로 올 뻔하다가 저 너머로 가버린 날? 그날, 아버지
는 산모를 위해 잉어를 사들고 들어온다. 잉어는 비닐봉지
속에, 그리고 산모는 "잉어 입술처럼/ 귀퉁이가 헐은/ 파란
대문 집// 담벼락마다/ 솟아 있는/ 깨진 유리병들"속에 간
혀 있다. 잉어는 내가 낮에 놀던 고무대야 속으로 월담을 하
듯 뛰어든다. 시인은 그 잉어의 몸집이 자신의 몸만큼 크다
고 했다. 월담을 하는 순간 잉어는 'Cyprinus carpio'라는
현실 세계에서 자신의 존재를 규정하는 이름에서 벗어나

'잉어'라는 신화적인 존재로 거듭 태어난다. 신화 속에서 한 존재는 엄청나게 팽창하거나 혹독하게 수축한다. "월담"을 하는 순간, 즉 경계를 넘는 순간, 존재 이탈이 진행되기 때문이다. 이제 사건은 현실의 "비닐봉지"를 뚫고 나와 신화의 "고무대야" 속으로 들어섰다.

그런데 어머니는 "그날따라" 원래 아이의 영토였던 어머니의 "치마 속"으로 아이를 못 들어오게 한다. 원래 어머니의 치마 속도 고무대야도 아이의 것이었다. 아이는 두 영토를 잃어버렸다. 자신이 신화였던 두 영토를 아이는 잃어버리고 그곳에서 새로운 신화가 탄생되는 것을 바라보아야만 했다. 아픈 어머니는 "다 죽기 전에 손수 배를 가르느라/한밤중에 잉어 내장을 긁어내느라" 바쁘고 그 와중에 탯줄처럼 달빛이 끌려나온다. 그다음 날, 밥상 위에 오른 것은? "동생 같은" 잉어조림/잉어탕이다. 탄생, 그 떨어지는 순간이 그렇게 이물스럽고도 낯설다. 나는 동생의 출생을 보면서 나조차도 몰랐던 내 출생의 순간을 재생한다. 내가 태어난 그날, 나는 밥상 위에 올려져 있다. 이것은 1980년대 후반을 소화해내지 못한 고통을 기록하던 김현 선생 일기의 한 구절과 닮아 있다. 앞에서 인용한 일기에서 이런 세계를 김현 선생은 "카프카적 세계"라고 명명했다.

『변신』에 등장하는 그레고르 잠자가 벌레로 변신한 채 아버지가 던진 사과를 등에 얹고 말라 죽어가는 그 세계. 어느 날 일어나보니 벌레로 변한 것처럼, 어느 날 우리는 어떤 곳으로부터 어떤 시간으로부터 '사람'으로 변신되어 툭, 떨어진다. 열 달가량 자궁이라는 감옥 혹은 보호처에서 우리는 본능적으로 이 떨어짐을 준비했을까? 어쨌든 떨어진다. 한 가족의 밥상 위에 '잉어조림/잉어탕'이 되어 툭, 떨어진다.

나는 이 낯선 세계에서 어떻게 삶을 겨우 유지하는가? 어머니는 치마 밑으로 내가 들어오는 것을 막았다. 새로운 탄생이 시작되었기에. 동생이 태어난 날, 혹은 '낙'인 날 잉어조림/잉어탕을 받아든 당신은 이런 유사 신화를 쓰지 않고 그 순간을 어떻게 견디겠는가. 어떤 의미에서 시는 모든 유사 신화의 현장 기록일지도 모르겠다. 이 낯선 유사 신화 속의 밥상은 「눈썹」에 등장하는 어머니가 차려준 밥상이다. 이 어머니는 유사 신화 속의 어머니가 아니라 세속의 어머니이다. "한동안/ 머리에 수건을/ 뒤집어쓰고" 다녔다. "봄날 아침/ 일찍 수색에 나가/ 목욕도 오래 하고// 화교 주방장이/ 새로 왔다는 반점(飯店)에서/ 우동을 한 그릇 먹은 것까지는 좋았는데" 그만 "우연히 들른 미용실에서/ 눈썹 문신을 한 것이 탈이었다". 아버지는 어머니의 이마에 육중하게 앉아 있는 "지리산"에 참지 못하고 상을 뒤엎어버린다. 그리고 그걸 지켜보는 나는? "어린 누나와 내가/ 노루처럼/ 방방 뛰어다녔다".

유사 신화 속의 어머니가 고독하다면 일상 속의 어머니 또한 고독하다. 어쩌면 일상 속의 어머니가 더 고독할지 모른다. "눈썹 문신"을 이마 위에 지리산처럼 얹고 있는 어머니,

아마도 매일매일 눈썹을 그리는 시간을 줄이려고 문신을 시도한 어머니가 차리는 것이 매일의 밥상이다. 매일의 밥상을 위하여 그러니 어머니는 이마에 지리산을 얹고 있는 것이다. 그놈의 밥상! 내일 세계의 종말이 와도 밥상은 차려져야 하고 아이들은 노루처럼 방방 뛰어다니니. 밥상은 비워지기 위해서 차려지는 것이다. 차려지고 비워지고 그 흔적을 설거지하는 매일의 범박한 일상 속에서 아이들은 철모르게 뛰어다니다가 문득 어른이 된다. 그리고 이런 시를 쓴다.

　이상한 뜻이 없는 나의 생계는 간결할 수 있다 오늘 저녁부터 바람이 차가워진다거나 내일은 비가 올 거라 말해주는 사람들을 새로 사귀어야 했다

　얼굴 한번 본 적 없는 이의 자서전을 쓰는 일은 그리 어렵지 않았지만 익숙한 문장들이 손목을 잡고 내 일기로 데려가는 것은 어쩌지 못했다

　'찬비는 자란 물이끼를 더 자라게 하고 얼어 입은 외투의 색을 흰 속옷에 묻히기도 했다'라고 그 사람의 자서전에 쓰고 나서 '아픈 내가 당신의 이름을 지어다가 며칠은 먹었다'는 문장을 내 일기장에 이어 적었다

　우리는 그러지 못했지만 모든 글의 만남은 언제나 아름

다워야 한다는 마음이었다
　　　　—「당신의 이름을 지어다가 며칠은 먹었다」 전문

"얼굴 한번 본 적 없는 이의" 일생을 대필하는 "자서전" 과 자신의 "일기" 사이를 지우는 글쓰기. "우리는 그러지 못했지만 모든 글의 만남은 언제나 아름다워야 한다는 마음"은 유사 신화와 일상이 긴장을 하는 자리에서 태어나는 서정의 어떤 얼굴일 것이다. 이 세계와 만나는 자리에서 결국 우리들은 우리를 글썽이며 따뜻하게 바라보는 것. 그래서 저녁이면 만나서 밥과 술을 먹고 서로 택시를 태워주며 헤어지다가 문득, 당신이 생각날 때. 그런 마음들이 애잔해지는 이런 시들을 쓰고 싶다. 바로 다음과 같은 시.


## 순간 5. '날아오는 새들이' 토해놓은 '들깨씨'

묵직한 악몽 같은 유사 신화의 어린 시절을 통과하면서 군대엘 가고 이런저런 직업을 전전하고 난 뒤 박준의 시들은 "새로 울고 싶은/ 오월의 밤하늘"과 같은 수채화를 닮아 있다. 유화처럼 세계를 건설하려 하지 않으며 물감을 물에 풀어서 붓으로 선과 선으로 구축해낸 입체의 질감을 지우고 또 지워 드디어는 사라지는 것을 지향하는 것이 수채화이다.

오월 천변(川邊)에서는
멀리 보는 사람이
이기는 겁니다

보리 이삭이 패기 시작하면
숨어는 겨울 동안
감고 있던 눈을 뜹니다

천변의
긴 밭에서

새들은
어제 심은 들깨씨를
잘도 파 물어갔고요

노인은
막대기에 양철통을 들고
밭으로 나가

새들을 쫓다가
졸다가

가져간 찰밥을 먹고
집으로 돌아옵니다

새로 울고 싶은
오월의 밤하늘에는

날아오른 새들이
들깨씨를 토해놓은 듯
별들도 한창이었습니다
　　　　　　—「별들의 이주(移住)」 전문

　이 낙낙한 시간, 우리는 그만 이 불편한 세계와 화해하고
싶은 생각을 한다. 그 뒤에 올 시간이 폭풍의 손아귀로 우리
의 어깨를 후려칠지라도. 세계야, 세계야, 불편해서 나는 앓
았으나 앓으면서 이런 모습도 보았다, 라고 말하고 싶은 것
이다. 그에게 별은 "날아오른 새들이/ 들깨씨를 토해놓은"
것이다. 그러니 그의 오월 밤에는 언젠가 그 들깨씨가 하늘
에서 잎을 피우리라. 그 잎으로 하늘 항아리에 짙고도 투명
한 별장아찌를 담그는 날도 오리라. 이건 값싼 희망이 아니
라고 당신이 믿어주기를 바란다. 다만 우리가 믿을 수 있는
것은 우리들의 삶을 끊임없이 간섭해왔던 아름다움에 대한
열망이었다는 전언을 담고 있을 뿐이므로. 아름다움이 아니
면 우리는 이 세계를 이나마 지탱할 수 있었겠는가? 이 어

눌한 수채화의 세계에서 시인인 그가 할 수 있는 일은 "바늘 끝으로 머리를 긁는 당신의 모습이 낯설지 않을 때, 열 개의 손가락을 다 땄을 때, 그 피가 아까워 아름다울 가(佳) 자나 비칠 영(暎) 자를 적어볼 때, 당신을 인천으로 내보내고 누웠던 자리에 그대로 누웠을 때, 손으로 손을 주무를 때, 눈을 꼭 감을 때, 눈을 꼭 감아서 나는 꿈도 보일 때, 새봄이 온 꿈속 들판에도 당신의 긴 머리카락이 군데군데 떨어져 있을 때"(「동지(冬至)」) 시를 쓰는 일일 것이다. 그러니 세계야, 나는 널 버리지 않을 거야. 나의 간절한 것들의 깊은 눈을 모아다가 그냥 시를 쓸 거야. 그러니 세계야, 계속 날 불편하게 해줘. 내가 젖은 머리칼을 쓰다듬으며 당신을 응시하며, 그리고 어제 해결하지 못한 눈물을 젖은 모자에 집어넣으며 그냥 쏘다니게 해줘. 어느 날, 운 좋게 싱싱한 바지락 국물 속에 든 수제비를 삼키며 멀고도 먼 농담을 사랑하면서 말이야. 그래, 나는 이미 "이번 생의 장례를 미리 지낸" 이 세계의 어떤 무엇이라니까.

141

## 덧붙이는 글

이 글은 박준 시집을 해설하기 위해 쓰여진 글이 아니었다. 나는 다른 시인의 시들을 해설할 수 없다. 다만 읽고 느낄 수만 있다. 그의 시를 더 찬찬히 살필 눈 밝은 분들이 어디엔가 있을 것이다. 다만 나는 그의 시집을 열렬히 동반하며 그가 시를 쓰던 몇몇 순간을 호명했을 뿐이다. 그런 의미에서,

준아! 첫 시집, 축하한다. 얼마나 길은 멀까, 다음 시집이 나올 때까지는. 파울 첼란이 독일에서 첫번째 시집 『양귀비와 기억』을 내고 난 뒤 두번째 시집 『문지방에서 문지방으로』를 준비하면서 미래의 부인 지젤에게 보낸 편지 한 구절 인용하면서 이 글, 마친다.

"나는 많이 읽고 있어요, *언젠가 당신을 위하여 새 책을 쓰기 위하여.* 저의 첫 시집이 독립된 삶을 살려고 하는 것보다 이것은 더 급한 일처럼 보입니다."(강조, 인용자)

결국, 우리의 시들은 어딘가에 있는 당신과 사물과 그것을 담고 점점 짧아져가는 세계 속에서 탄생하고 시인으로부터도 마침내 독립할 것이기 때문에. 가이아의 것은 가이아에게로.

**박준**  1983년 서울에서 태어나고 자랐다. 문학을 잘 배우면 다른 이에게 줄 수도 있다는 사실을 대학과 대학원에서 알았다. 2008년『실천문학』으로 등단했다.

문학동네시인선 032
당신의 이름을 지어다가 며칠은 먹었다
ⓒ 박준 2012

1판 1쇄 2012년 12월 5일
1판 63쇄 2024년 9월 20일

지은이 | 박준
책임편집 | 강윤정
편집 | 김민정 김필균 김형균
디자인 | 수류산방(樹流山房) 본문 디자인 | 유현아
저작권 | 박지영 형소진 최은진 오서영
마케팅 | 정민호 서지화 한민아 이민경 왕지경 정경주 김수인 김혜원 김하연
　　　　김예진
브랜딩 | 함유지 함근아 박민재 김희숙 이송이 박다솔 조다현 정승민 배진성
제작 | 강신은 김동욱 이순호
제작처 | 영신사

펴낸곳 | (주)문학동네
펴낸이 | 김소영
출판등록 | 1993년 10월 22일 제2003-000045호
주소 | 10881 경기도 파주시 회동길 210
전자우편 | editor@munhak.com
대표전화 | 031) 955-8888 팩스 | 031) 955-8855
문의전화 | 031) 955-2696(마케팅), 031) 955-1920(편집)
문학동네카페 | http://cafe.naver.com/mhdn
인스타그램 | @munhakdongne 트위터 | @munhakdongne
북클럽문학동네 | http://bookclubmunhak.com

ISBN 978-89-546-1957-8 03810

www.munhak.com

**문학동네**